2-22-07

Para Mika
con cariño de sus
abuelitos que la
quieren mucho

Heriberto y Esther Luisa
Elizondo

Disney

Relatos de 3 Minutos

Cuentos para dormir

pi kids® publications international, ltd.

Portada ilustrada por Diaz Studios
Ilustración de la cenefa de la portada: Renée Graef
Traducción: Claudia González Flores y Arlette de Alba

Publicado por Louis Weber, C.E.O.
Publications International, Ltd.
7373 North Cicero Avenue
Lincolnwood, Illinois 60712

Ground Floor, 59 Gloucester Place
London W1U 8JJ

Servicio a clientes: 1-800-595-8484 o customer_service@pilbooks.com

www.pilbooks.com

Nunca se otorga autorización para propósitos comerciales.

p i kids es una marca registrada de Publications International, Ltd.

Fabricado en China.

8 7 6 5 4 3 2 1

ISBN-13: 978-1-4127-3749-4
ISBN-10: 1-4127-3749-4

CONTENIDO

Bambi

Adaptado por Kate Hannigan
Ilustrado por los Artistas de Libros de Cuentos de Disney

Una linda mañana de primavera, en lo más profundo del bosque, un conejito llamado Tambor corrió hasta el árbol del amigo Búho para darle la emocionante noticia. ¡El nuevo Príncipe del Bosque acababa de nacer!

Todos los animales se reunieron alrededor del cervatillo y su madre. Ella les dijo que su nombre era Bambi y que pronto lo presentaría a todas las criaturas del bosque. Bambi conoció a la señora Codorniz y a sus polluelos, a la señora Zarigüeya y a sus bebés, y hasta al señor Topo, que vivía bajo tierra.

Bambi también se hizo amigo de Tambor. El conejo se rió cuando Bambi se tambaleó sobre sus largas patas, y dijo que Bambi no caminaba muy bien. "¿Qué te dijo tu padre esta mañana?", le preguntó la Señora Coneja. Tambor sabía que estaba en problemas. "Si no puedes decir algo amable", dijo Tambor sintiendo culpa, "mejor no digas nada".

Bambi se rió y jugó con Tambor y con sus hermanas y hermanos conejos. Le enseñaron al cervatillo los nombres de todas las cosas nuevas que descubría en el bosque. Bambi vio pájaros, mariposas y flores. Hasta se topó con un amistoso zorrillo y también lo llamó Flor.

Bambi

Una tarde soleada, la madre de Bambi lo llevó por el bosque hasta el campo abierto de una pradera. Le enseñó a entrar a la pradera lentamente, buscando señales de peligro. Cuando vieron que no había peligro, Bambi corrió entre la verde hierba y saltó sobre los arroyos. ¡Era maravilloso sentirse libre!

Bambi conoció a otros ciervos, y también a una cervatilla juguetona llamada Falina. Después vio a un poderoso ciervo conocido como el Gran Príncipe del Bosque. A Bambi le pareció que su cornamenta alcanzaba el cielo. ¡El Príncipe era el padre de Bambi!

Bambi se despertó una mañana de invierno y encontró algo blanco y frío que cubría el suelo del bosque. Nunca antes había visto la nieve. Bambi oía cómo crujía bajo sus pezuñas mientras caminaba por el bosque, y luego vio a Tambor deslizándose en el estanque congelado. "No pasa nada", le aseguró Tambor, "¡el agua está dura!"

Cuando la nieve se derritió, aparecieron las primeras flores de la primavera. Los animales habían cambiado durante el invierno. A Bambi le habían crecido astas de ciervo joven, y Tambor y Flor también parecían diferentes. Hasta los pájaros actuaban de forma extraña.

Bambi

Búho les explicó que los pájaros sentían mariposas en la barriga... que se habían enamorado. ¡Al poco tiempo, Flor y Tambor sintieron lo mismo! Bambi se dijo a sí mismo que a él jamás le pasaría eso y siguió caminando hasta que escuchó una voz familiar. ¡Era Falina! ¡De pronto, Bambi también sintió mariposas en la barriga! Desde entonces, Bambi y Falina siempre estuvieron juntos.

Un día, Bambi notó un extraño olor en el bosque... ¡era humo! El joven ciervo corrió por todo el bosque advirtiendo a los demás del incendio. Cuando se cansó, el Gran Príncipe apareció y lo animó a seguir. ¡No había tiempo que perder!

Los animales nadaron hasta ponerse a salvo en una isla del río, y cuando se extinguió la última llama, regresaron al bosque a reconstruir sus hogares. Más tarde, la primavera llegó de nuevo, y Tambor y sus bebés regresaron al árbol del amigo Búho. Esta vez la noticia era sobre Falina: ¡había dado a luz un par de gemelos!

Bambi

Bambi se paró orgulloso sobre las rocas cercanas. Ahora era su turno de gobernar el bosque. Y mientras veía desaparecer a su padre en la espesura, Bambi supo que les enseñaría a sus hijos a ser valientes y sabios, justo como el Gran Príncipe se lo había enseñado él.

El Rey León

Adaptado por Kate Hannigan
Ilustrado por los Artistas de Libros de Cuentos de Disney

Una soleada mañana, en las imponentes llanuras de África, los animales se reunieron a darle la bienvenida al mundo al cachorro del Rey León. Sabían que Simba algún día sería rey. Sólo Skar, el hermano del rey Mufasa, se rehusó a celebrar. Estaba furioso porque jamás gobernaría las Tierras del Reino.

Conforme Simba crecía, su padre le enseñaba cómo era su reino. "Todos estamos conectados por el círculo de la vida", dijo Mufasa. También le explicó que Simba gobernaría todo lo que la luz tocaba... sólo estaba prohibida la Tierra de Sombras.

Skar quería crearle problemas a Simba, así que le contó mentiras a su sobrino sobre ese lugar de sombras. Le dijo que sólo los leones más valientes iban ahí.

El Rey León

Simba quería ser valiente como su padre, así que corrió con su amiga Nala hasta la Tierra de Sombras. Zazú, el asistente de Mufasa, los siguió. Mientras miraban a su alrededor, algo se movió en las sombras. ¡Eran unas hienas! Simba y Nala trataron de escapar, pero quedaron atrapados. En el último momento, Mufasa dio un tremendo rugido y ahuyentó a las hienas.

A Skar le disgustó que los cachorros hubieran escapado, así que formuló otro plan perverso para poder convertirse en el Rey León. Llevó a Simba hasta un profundo desfiladero y le dijo que esperara una sorpresa especial. Simba esperó y esperó, y finalmente escuchó un leve crujido. ¡Entonces vio que el suelo empezaba a temblar! A la orden de Skar, las hienas habían provocado una estampida de ñus, ¡y venían justo hacia él!

Simba intentó desesperadamente salir del lugar. De pronto, Mufasa apareció y lo puso a salvo. Simba no salió lastimado, pero su padre no tuvo tanta suerte. Simba lo llamó, pero Mufasa no respondió.

Skar quería echar a Simba de las Tierras del Reino, y culpó a su sobrino del accidente de Mufasa.

"¡Huye, Simba, y nunca regreses!", le dijo el malvado Skar.

Simba estaba asustado, corrió y corrió, y no se detuvo hasta que se internó en el desierto. Dos amistosos animales, una suricata llamada Timón y un jabalí llamado Pumba, encontraron a Simba y le dieron agua. Ellos le enseñaron *hakuna matata*: "No te preocupes."

Simba se quedó con sus nuevos amigos y trató de olvidar el pasado. Se hizo más grande y fuerte, y cada vez se parecía más a su padre.

Una tarde, Timón y Pumba buscaban comida cuando vieron a una leona que andaba en busca de su almuerzo. Era Nala, la vieja amiga de Simba. Ella le contó a Simba lo terribles que eran las cosas bajo el gobierno de Skar, y le dijo que él era su única esperanza para salvar las Tierras del Reino.

Simba corrió de regreso a las Tierras del Reino en busca de su tío. Cuando Skar vio a Simba, pensó que el poderoso león era Mufasa, que había regresado a atormentarlo. Skar les ordenó a sus hienas que atacaran, pero las leonas protegieron a Simba y ahuyentaron a las hienas. Skar y Simba lucharon ferozmente en las rocas.

Después de una larga pelea, Simba obligó a Skar a admitir lo que había pasado hacía tantos años. Skar les dijo a las leonas que era su culpa —y no de Simba— que Mufasa hubiera muerto.

El Rey León

Simba arrojó a Skar de sus tierras para siempre. Finalmente pudo tomar el lugar que le correspondía como Rey León.

Lentamente, Simba subió a lo alto de la Roca del Rey, recordando todo lo que su padre le había enseñado. Los animales lo aclamaron nuevamente, esta vez dando la bienvenida a la hija de Simba y Nala. Un nuevo ciclo de la vida había comenzado.

Bernardo y Bianca

Adaptado por Lora Kalkman

Ilustrado por los Artistas de Libros de Cuentos de Disney

Ratones de todo el mundo asistieron a una reunión. Era una junta especial de la Sociedad de Rescate. El líder de la sociedad anunció que alguien estaba en problemas.

Bernardo, el conserje de la sociedad, había encontrado una nota que llegó dentro de una botella hasta la playa. La nota era de una niñita llamada Penny, que necesitaba ayuda.

Una ratoncita muy bonita llamada Bianca pidió que le asignaran esa misión. Realmente quería encontrar y rescatar a Penny.

Muchos ratones se ofrecieron para ayudar a Bianca, porque todos la querían, pero ella los sorprendió cuando pidió la ayuda de Bernardo.

"¿Y-y-yo?", titubeó Bernardo, que parecía bastante timorato.
"Yo sólo soy un conserje."

Bianca sonrió y le aseguró que haría un buen trabajo.
A regañadientes, Bernardo aceptó acompañarla
en su misión.

Sólo había una pista para dar con Penny. La nota de la botella estaba dirigida al Orfanato Morningside. Bernardo y Bianca atravesaron rápidamente la ciudad, pero no encontraron a Penny en el orfanato. En lugar de ello, fueron sorprendidos por Rufus, un gato viejo y amable.

Bernardo y Bianca le preguntaron por Penny, y Rufus les explicó que había desaparecido. "Una malvada mujer llamada Medusa le ofreció a Penny llevarla a pasear", dijo.
"Pero Penny fue bastante lista y se negó."

Bernardo y Bianca

Bernardo y Bianca fueron hasta la casa de empeño de Medusa, que se encontraba en la misma calle. Adentro, la vieron hablando por teléfono con su asistente, Snoops. Bianca sintió un nudo en la garganta cuando escuchó que Medusa mencionaba a una niñita, ¡y de inmediato quedó claro que ella había secuestrado a Penny! La había llevado al Brazo del Diablo, donde Snoops la estaba cuidando.

Bernardo y Bianca sabían que tenían que llegar al pantano de inmediato.

Bernardo y Bianca fueron al aeropuerto y ahí abordaron a Orville, un albatros blanco y enorme. Llegaron al Brazo del Diablo después de un viaje un poco turbulento, y fueron recibidos por unos amigables ratones de pantano.

En ese momento, Bernardo y Bianca vieron a los dos malvados cocodrilos de Medusa. Los cocodrilos sujetaban a Penny, pero ella trataba de escapar. Los dos ratones siguieron a los cocodrilos hasta el escondite de Medusa en una vieja barcaza.

Bernardo y Bianca

Bernardo y Bianca entraron a hurtadillas y encontraron a Penny. "Estamos aquí para rescatarte", le anunció Bernardo. Pero antes de que pudieran escapar, Medusa se llevó a Penny a una cueva oscura y profunda para obligarla a buscar un diamante gigantesco conocido como el Ojo del Diablo.

Bernardo y Bianca se escondieron en el bolsillo de Penny y la ayudaron a buscar. Cuando la marea entró, Bianca vio el diamante. Aunque el agua se arremolinaba a su alrededor, el valiente trío recogió la gema y salió justo a tiempo.

Todos regresaron a la barcaza. Medusa escondió el diamante en el osito de peluche de Penny, y justo cuando estaba a punto de escapar, los ratones hicieron que se tropezara. El osito de peluche voló por el cuarto, pero Penny lo atrapó rápidamente y corrió.

Mientras tanto, los amigos del pantano habían llegado a ayudar y atacaron a Medusa y a Snoops para que Penny escapara. Con un señuelo, Bernardo y Bianca llevaron a los cocodrilos hasta una trampa y después todos corrieron al vehículo de Medusa.

Bernardo y Bianca

Penny condujo el vehículo por todo el pantano, pero Medusa no se quedó atrás: estaba decidida a recuperar el diamante. Afortunadamente, Penny era buena conductora. Con un rápido giro, hizo que Medusa y sus cocodrilos se estrellaran contra la barcaza. Penny y todos los ratones escaparon.

Penny donó el Ojo del Diablo a un museo y después recibió la mejor recompensa de todas: fue adoptada por una mamá y un papá que la quisieron mucho.

Peter Pan

Adaptado por Kate Hannigan
Ilustrado por los Artistas de Libros de Cuentos de Disney

Todas las noches a la hora de dormir, en una linda casa de Londres, Wendy, Juan y Miguel Darling contaban historias del valiente Peter Pan y un mágico lugar llamado la Tierra de Nunca Jamás. Los niños creían que Peter Pan era una persona de verdad, y lo convirtieron en el héroe de sus juegos. Su madre pensaba que Peter Pan era el espíritu de la juventud.

A Peter Pan le gustaban las historias de Wendy y las escuchaba fuera de la ventana del cuarto de los niños. Sabía que todos ahí creían en él. Es decir, todos, excepto el padre de Wendy. Una noche, se cansó de oír las locas historias de la niña y dijo que ya era tiempo de que creciera. "Esta será tu última noche en el cuarto de los niños", le dijo.

Cuando los niños se quedaron dormidos, se escuchó un ruido en la ventana. ¡Era Peter Pan! Él y Campanita estaban buscando la sombra de Peter.

Con la ayuda de Campanita, Peter encontró su sombra en un cajón, y Wendy la cosió a la punta de sus pies para que nunca la volviera a perder.

Peter se enfadó cuando supo que era la última noche de Wendy en el cuarto de los niños, y les pidió que volaran con él a la Tierra de Nunca Jamás, donde nadie nunca tenía que crecer.

Wendy y los niños siempre habían soñado con ver la Tierra de Nunca Jamás. Con un poco de polvillo de estrellas de Campanita, volaron sobre Londres hasta el mágico hogar de Peter.

Cuando llegaron a Nunca Jamás, descansaron en una nube justo sobre la Caleta del Pirata, donde estaba el Capitán Garfio.

El Capitán Garfio siempre estaba persiguiendo a Peter, y les disparó con un cañón. Por fortuna, no los alcanzó. Peter le dijo a Campanita que llevara a los niños con los Niños Perdidos, donde estarían a salvo. Pero Campanita estaba celosa, así que les dijo a los Niños Perdidos que derribaran a Wendy del cielo.

Peter culpó a Campanita de alta traición y la desterró de la isla para siempre. A Wendy le pareció algo exagerado, así que finalmente Peter le dijo que sólo se fuera una semana.

Campanita se alejó volando sola mientras Peter y los niños exploraban Nunca Jamás. Miguel y Juan jugaron a seguir al líder con los Niños Perdidos, y Peter llevó a Wendy a conocer la Laguna de las Sirenas.

Al poco rato, el Capitán Garfio atrapó a Campanita y la engañó para que le revelara el escondite de Peter. Ella le hizo prometer que no le pondría ni una mano —¡o garfio!— encima a Peter.

Garfio y sus piratas fueron inmediatamente al escondite de Peter y le tendieron una trampa. Cuando Wendy, sus hermanos y los Niños Perdidos salieron, Garfio los capturó y se los llevó al barco pirata. Wendy dijo, confiada: "Peter nos salvará."

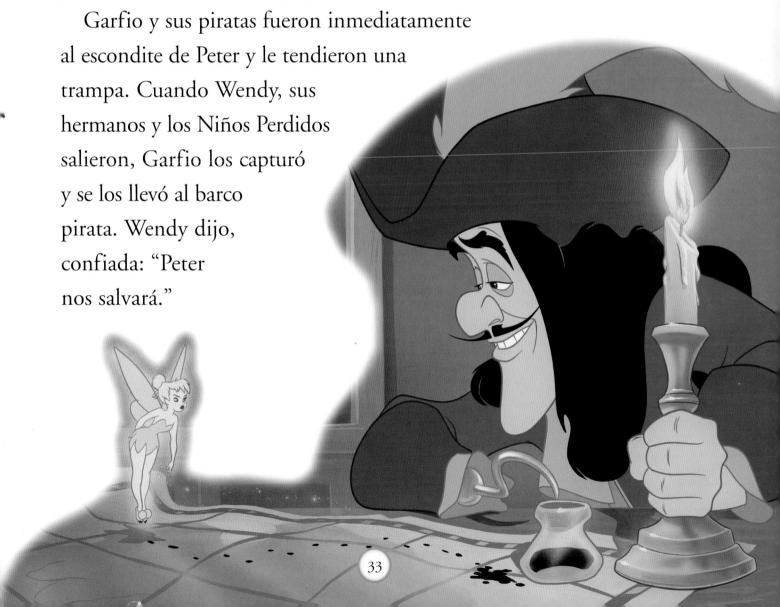

Campanita le contó a Peter Pan lo sucedido, y fueron a toda prisa al barco pirata. Peter recibió a Wendy en sus brazos justo cuando caía directo al agua. Después liberó a Juan, a Miguel y a los Niños Perdidos para que lucharan contra los piratas mientras él peleaba con el Capitán Garfio. Lucharon por todo el barco, hasta que Garfio cayó por la borda al agua, donde un hambriento cocodrilo lo estaba esperando.

Finalmente llegó la hora de que los niños regresaran a casa, y navegaron con Peter Pan en el barco del Capitán Garfio.

Con un poco de polvillo de estrellas de Campanita,
el barco flotó en el aire y navegó por el cielo
nocturno de regreso a Londres.

Los padres de Wendy la encontraron
dormida junto a la ventana del cuarto de
los niños. Entonces despertó y miró la
luna con la sombra del barco de
Peter Pan que navegaba en
el cielo. Su padre miró
con atención. Sabía que
había visto ese barco antes...
hacía mucho tiempo, cuando
también él era muy joven.

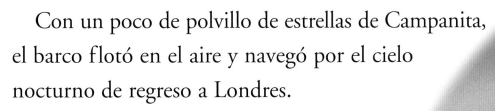

Toy Story 2

Adaptado por Lisa Harkrader
Ilustrado por DiCicco Studios

Woody era un vaquero de juguete, y era el juguete favorito de Andy. Pero cuando el niño se fue al campamento de verano, Woody tuvo que quedarse en casa.

Mientras Andy no estaba, su mamá hizo una venta de jardín y reunió algunos de los juguetes viejos de Andy para venderlos. Woody trató de salvar a uno de los juguetes, y terminó también en una mesa de la venta de jardín.

Al poco rato, un auto se detuvo y de él bajó un hombre llamado Al. En cuanto vio a Woody, intentó comprarlo.

"Oh, no", dijo la mamá de Andy. "Woody no está en venta. Ni siquiera debería estar aquí afuera."

Al esperó a que la mamá de Andy no mirara. Entonces se apoderó de Woody y corrió a su auto.

Buzz, el Guardián Espacial de juguete, intentó salvar a Woody. Corrió tras el auto, pero no pudo alcanzarlo.

JGTRAL

Al llevó a Woody a su apartamento y lo puso en una repisa. Después, salió y cerró la puerta con llave.

Woody vio que no estaba solo. Otros tres juguetes —un caballo, una vaquerita y un viejo Capataz— estaban en la repisa junto a él.

"¡Woody!", exclamó la vaquerita.

"¿Me conoces?", dijo Woody.

"Claro que sí", dijo la vaquerita y encendió la televisión para que Woody pudiera ver un viejo programa donde él era la estrella. Tiro al Blanco era su caballo, y la vaquerita Jessie y el Capataz eran sus amigos.

Woody, Tiro al Blanco, Jessie y el Capataz formaban parte de una colección de juguetes. Al había buscado a Woody durante mucho tiempo, y ahora que lo tenía, iba a vender la colección a un museo de juguetes de Japón. Woody jamás volvería a ver a Andy.

Buzz les contó a los demás juguetes sobre el hombre que se había llevado a Woody y les dijo que las placas del auto del hombre eran JGTRAL. Los juguetes trataron de descifrar lo que significaba JGTRAL. "¡Ya sé!", dijo Buzz. "Quiere decir Juguetería de Al." Buzz, Jam, Rex y el Señor Cara de Papa salieron del cuarto de Andy con la ayuda del resorte de Slinky. Los cinco juguetes se dirigieron a la Juguetería de Al para rescatar a Woody.

Cuando llegaron a la tienda no pudieron encontrar a Woody, pero sí vieron a Al trabajando en su oficina. Cuando el hombre salió de la tienda, Buzz, Jam, Rex, el Señor Cara de Papa y Slinky lo siguieron hasta su casa. Subieron las escaleras y entraron al apartamento por un tubo de ventilación. Ahí encontraron a Woody.

Pero Woody se negó a regresar con ellos. "No puedo dejar a Jessie, a Tiro al Blanco, ni al Capataz", dijo.

Buzz, Jam, Rex, el Señor Cara de Papa y Slinky salieron del apartamento. Poco después llegó Al y empacó a Woody, Tiro al Blanco, Jessie y el Capataz en una maleta.

Buzz y los demás juguetes vieron que Al subía la maleta a su auto y se alejaba en él.

"¡Se los va a llevar a Japón!", exclamó Buzz.

Buzz y los demás juguetes siguieron a Al hasta el aeropuerto. Ahí salvaron a Woody y a Tiro al Blanco, pero Jessie y el Capataz aún seguían atrapados en la maleta. Buzz y Woody se montaron en Tiro al Blanco y siguieron la maleta a todo galope. Por fin lograron rescatar a Jessie, pero el Capataz se negó a ir con ellos y terminó en el bolso de una niñita.

Toy Story 2

Buzz, Woody y los demás juguetes llevaron a Jessie y a Tiro al Blanco a casa. Cuando Andy regresó del campamento, todos sus juguetes, incluyendo los nuevos, Jessie y Tiro al Blanco, lo estaban esperando para darle la bienvenida.

El zorro y el sabueso

Adaptado por Alicia Shems

Ilustrado por los Artistas de Libros de Cuentos de Disney

Era el principio de un verano verde y agradable, y los bebés animales aún seguían viviendo con sus madres. Todos, excepto uno: un bebé de zorro que estaba sentado solo y asustado bajo una cerca. Pero recibió ayuda cuando Mamá Búho, Boomer, el pájaro carpintero, y Dinky, el gorrión, llamaron a la Viuda Tweed. La amable Viuda llevó al zorrito a casa, lo cuidó y lo llamó Tod.

Había un cazador llamado Amos Slade que vivía en la casa de al lado con su perrito, Toby. Un día, Toby olfateó un nuevo olor: era Tod, que había entrado a su patio. Los dos se hicieron amigos de inmediato. Toby y Tod jugaron juntos todo el verano. Un día soleado, Tod y Toby prometieron ser amigos por siempre.

Amos finalmente tuvo que atar a Toby a su barril para que el cachorro no se alejara de casa. Tod echaba de menos a Toby y fue a visitarlo. El perrito se sintió feliz de ver a su amigo, pero sabía que Amos no querría que jugara con un zorro.

Sin embargo, a Tod le causaba curiosidad Jefe, el viejo perro de caza de Amos. Toby le advirtió que no molestara a Jefe, pero Tod despertó por accidente al viejo perro. ¡Y cuando Jefe olió al zorro, la persecución comenzó! La Viuda Tweed salvó a Tod, pero ahora los amigos sabían que era casi imposible jugar juntos.

El zorro y el sabueso

Cuando las hojas del otoño empezaron a cambiar de color, Amos llevó a Toby y a Jefe a un largo viaje de cacería. Tod se quedó solo durante todo el frío invierno. ¡Cómo añoraba a su amigo Toby!

Cuando la primavera llegó, Toby, Jefe y Amos regresaron a casa. Feliz, Tod fue a visitar a su amigo, pero las cosas habían cambiado. Aunque todavía eran amigos, Toby ahora era un perro de caza... uno que supuestamente cazaba zorros, y Tod ya era un zorro grande.

A Amos Slade no le gustaba nada Tod. Pensaba que los zorros eran para cazarlos, no para tenerlos como mascotas. La Viuda no podía dejar que Tod saliera, por temor a que Jefe lo atrapara. Pero tampoco quería mantenerlo encerrado. Así que lo llevó a una reserva donde pudiera vivir libre y seguro en la naturaleza.

Tod se quedó solo de nuevo, y una vez más, Mamá Búho vino a su rescate y le presentó a Vixey, una linda zorrita. Vixey le mostró el bosque y le enseñó cómo vivir en él, y Tod divirtió a Vixey con sus juegos. Al poco tiempo se enamoraron.

El zorro y el sabueso

Un día, el malvado Amos se internó en la reserva para cazar y, accidentalmente, él y Toby molestaron a un oso. Tod recordó que le había prometido a Toby ser siempre su amigo y corrió valientemente a rescatarlos.

Después de la lucha con el oso, Toby no pudo seguir ocultando su amistad con Tod. El cariño entre los dos animales ablandó el corazón de Amos, y entonces dejó ir a Tod.

Los amigos sabían que tenían que partir. El hogar de Tod estaba en el bosque con Vixey. El hogar de Toby estaba con Amos. Pero en sus corazones, el zorro y el sabueso sabían que serían amigos para siempre.

Alicia en el País de las Maravillas

Adaptado por Kate Hannigan
Ilustrado por los Artistas de Libros de Cuentos de Disney

Una linda tarde, una curiosa niña llamada Alicia se sentó en la rama de un enorme árbol a escuchar leer a su hermana. Alicia no estaba en lo absoluto interesada en la lectura, así que echó a volar su imaginación.

De repente, un conejo blanco con traje y corbata pasó corriendo. Llevaba un enorme reloj de bolsillo. "¡Es tarde!", dijo. Alicia pensó que el Conejo Blanco llegaría tarde a algo divertido, como una fiesta. Le gritó, pero como no se detuvo, corrió tras él y cayó en un agujero de conejo.

Cuando Alicia llegó al fondo del agujero, vio que el Conejo se escabullía por una pequeña puerta. El picaporte parlante le dijo a Alicia que era demasiado grande como para pasar por ahí, y le sugirió que bebiera de la botella que estaba en la mesa. Alicia se encogía más y más a cada sorbo que bebía.

Alicia ya tenía el tamaño perfecto para pasar por la puerta, pero estaba cerrada con llave. La niña vio la llave sobre la mesa, muy arriba de ella. El picaporte le sugirió que comiera unas galletas. Con cada mordida, Alicia crecía más y más. ¡Creció tanto que se golpeó la cabeza en el techo!

El picaporte se rió, pero Alicia empezó a llorar. Sus lágrimas eran unas gotas gigantes que inundaron la habitación. Alicia bebió de la botella de nuevo y se encogió lo suficiente como para meterse en ella. Así, pasó flotando por la cerradura.

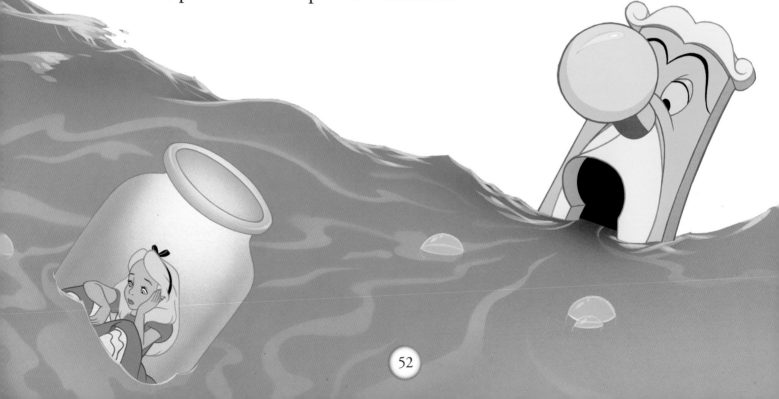

Al otro lado de la puerta, Alicia vio pájaros que hablaban, peces que bailaban y muchas cosas extrañas. Al poco rato se topó con los gemelos Twidli-Dim y Twidli-Dum, que le dieron una lección de buenos modales.

Poco después, Alicia vio pasar corriendo al Conejo Blanco, pero era demasiado pequeña para atraparlo. Haciendo a un lado las altas hojas de hierba, trató de seguirlo hasta el bosque.

Alicia entró a un maravilloso jardín donde pasaban revoloteando mariposas gigantes, y notó que sus alas eran rebanadas de pan. Una rosa le dijo que eran mariposas de pan. Cuando las flores se dieron cuenta de que Alicia no era una flor, la echaron del jardín. "¡Sólo es hierba común y corriente!", dijeron. Alicia pensó que debían aprender algo de buenos modales.

Alicia mordisqueó unos hongos para crecer hasta su tamaño correcto. Pronto se encontró con el Sombrerero Loco y la Liebre de Marzo, que celebraban una fiesta del té, y se unió a la fiesta. Había teteras y tazas por todas partes. Alicia quería una taza de té, pero no pudo probar ni un sorbo en la fiesta de no cumpleaños.

"Sólo tenemos un cumpleaños al año", le explicaron. "¡Pero hay 364 no cumpleaños!" Alicia dijo que también era su no cumpleaños, así que le dieron un pastel con una gran vela.

Alicia se fue de la fiesta del té, y justo cuando se había cansado de buscar al Conejo Blanco, éste apareció y anunció la llegada de la Reina de Corazones. Alicia acompañó a la Reina en un juego de croquet. También apareció el Gato Risón, quien engañó a la Reina, y ella creyó que Alicia era la responsable del truco. "¡Que le corten la cabeza!", ordenó. Alicia quería regresar a casa, y empezó a correr y correr. Cuando miró hacia atrás, el Sombrerero Loco, la Liebre de Marzo y todas las criaturas con las que se había topado la estaban persiguiendo.

Por fin, escuchó una voz familiar. "Alicia, ¿de qué hablas?", le preguntó su hermana. Alicia abrió los ojos, estaba sentada bajo el mismo árbol donde su hermana le había estado leyendo. ¡Todo había sido un sueño! Levantó a su gatita y le rascó las orejas. Alicia pensó que era el momento perfecto para ir a casa a disfrutar de una taza de té.

Pinocho

Adaptado por Kate Hannigan
Ilustrado por los Artistas de Libros de Cuentos de Disney

Una noche tranquila, en un callado pueblo, el viejo carpintero Geppetto le daba los toques finales a su muñeco de madera. Le sonrió al muñeco y decidió llamarlo Pinocho.

Cuando Geppetto se metió a la cama esa noche, pensó que Pinocho casi parecía tener vida. "¿No sería lindo?", pensó. Y mirando las estrellas del cielo nocturno, pidió un deseo.

De pronto, una luz brillante iluminó el cuarto y el Hada Azul apareció. Tocó a Pinocho con su varita mágica y le dio vida. "Si demuestras que eres valiente, que siempre dices la verdad y que no eres egoísta, algún día serás un niño de verdad", dijo.

El Hada le dijo a Pinocho que tendría que escoger entre lo bueno y lo malo y seguir a su conciencia. Pinocho no sabía lo que era una conciencia, así que el Hada le pidió a Pepe Grillo que lo ayudara.

Cuando Geppetto despertó y encontró a Pinocho caminando y hablando, bailó de alegría. Después, lo envió a la escuela como un niño de verdad. Pinocho se fue saltando de gusto, cargando sus libros y una brillante manzana roja.

Al poco rato se topó con un astuto zorro llamado Honrado Juan y un gato de nombre Gedeón, quienes le dijeron que debería trabajar en el teatro. Pepe Grillo intentó convencerlo de quedarse en la escuela, pero Pinocho no le hizo caso.

Strómboli, el malvado titiritero,
aplaudió con codicia cuando le presentaron a Pinocho.
¡Esa marioneta sin hilos lo haría rico! Strómboli encerró
a Pinocho para que no escapara. Ni siquiera Pepe Grillo pudo
liberarlo.

Finalmente apareció el Hada Azul, y cuando le preguntó a
Pinocho por qué no fue a la escuela, él le dijo una mentira. De
repente, su nariz empezó a crecer, ¡y creció más y más con cada
mentira, hasta que los pájaros anidaron en ella!

Cuando por fin Pinocho prometió dejar de decir mentiras, el Hada Azul lo liberó. Pinocho y Pepe Grillo regresaron corriendo hacia la casa de Geppetto. Pero en el camino, Pinocho se topó de nuevo con el Honrado Juan.

Esta vez, el astuto zorro le contó a Pinocho sobre un lugar llamado la Isla del Placer, donde los niños podían ser perezosos y faltar a la escuela. Había un carruaje que salía hacia allá a la medianoche.

A Pinocho le pareció divertido, subió a bordo y conoció a un chico llamado Mechón. "Es muy divertido ser malo", le dijo Pinocho a su nuevo amigo. Los niños hicieron todo tipo de travesuras hasta que de pronto les salieron orejas de burro.

Pinocho

Cuando Mechón se convirtió en burro, Pepe
Grillo supo que era el momento de
salir de ahí. Le dio la mano a
Pinocho, y corrieron a casa tan
rápido como pudieron. Pero
Geppetto no estaba ahí.

Una carta cayó del
cielo y aterrizó a sus
pies. ¡Decía que
Geppetto había ido
a buscar a Pinocho
y que una ballena
se lo había
tragado!

Pinocho y Pepe Grillo nadaron hasta el fondo del océano buscando a Geppetto. Finalmente lo encontraron atrapado en la barriga de una ballena llamada Monstruo. Pero, ¿cómo podrían escapar? "Haremos estornudar a la ballena", decidió Pinocho.

Pinocho y Geppetto encendieron una fogata, que provocó un humo muy negro y espeso. Cuando Monstruo estornudó, salieron disparados de su boca y nadaron para ponerse a salvo. Geppetto se cansó muy rápido y le dijo a Pinocho que siguiera él solo. Pero Pinocho no podía dejar a su padre. Remolcó a Geppetto hasta la playa, y ahí cayó exhausto.

Pinocho

Geppetto llevó a Pinocho en brazos hasta su casa y lo recostó en la cama. El Hada Azul apareció otra vez. Había visto a Pinocho salvarle la vida a su padre. Realmente era valiente y confiable, y no era egoísta. Con un pase de su varita mágica, le dio vida a la marioneta de madera. Finalmente, Pinocho era un niño de verdad.

El Jorobado de Notre Dame

Adaptado por Lisa Harkrader
Ilustrado por DiCicco Studios

Quasimodo observaba el Festival de los Bufones. Ansiaba participar en el baile y la música, pero nunca había salido de la Catedral de Notre Dame. Era el campanero de la inmensa iglesia, y había pasado toda su vida en lo alto del campanario. Su amo, Frollo, no lo dejaba salir. Quasimodo tenía una joroba y su cara estaba desfigurada, y Frollo le había dicho que nadie afuera de la catedral lo aceptaría. Así que el pobre Quasimodo se quedaba en la catedral a tallar miniaturas en madera de la gran ciudad que nunca había visitado.

Pero Quasimodo se había cansado de estar en el campanario, así que subió al balcón y se descolgó por una cuerda para ir al festival.

El Jorobado de Notre Dame

A Quasimodo le encantó el festival. Nadie notaba su joroba
ni su cara desfigurada, porque todos pensaban que llevaba una
máscara. A Quasimodo le gustó especialmente mirar a una gitana
llamada Esmeralda, que era una magnífica bailarina. Esmeralda
subió a Quasimodo al escenario y lo coronó Rey de los Bufones.
La multitud lo aclamó, pero los soldados de Frollo no estaban tan
contentos. Le arrojaron tomates y trataron de hacerle daño. Esmeralda
lo ayudó a escapar.

Frollo, que observaba todo, se disgustó con Esmeralda. No le
gustaban los gitanos, y no quería que nadie ayudara a Quasimodo.
Deseaba darle una lección. Frollo le ordenó a Febo, el Capitán de la
Guardia, que arrestara a Esmeralda.

Pero a Febo le gustaba Esmeralda y quería ayudarla. Ella era
amable y hermosa, y no había hecho nada malo.

Esmeralda entró corriendo a la Catedral de Notre Dame, donde
sabía que estaría a salvo. Febo y Frollo la siguieron.

"¡Arresta a la joven gitana!", gritó Frollo.

"No puedo", dijo Febo. "Está en una iglesia."

Nadie podía arrestar a Esmeralda mientras estuviera en la catedral. Sólo podía ser detenida si estaba afuera de los muros de Notre Dame, así que Frollo puso guardias en cada entrada. Si Esmeralda intentaba salir, los guardias la harían prisionera.

Quasimodo llevó a Esmeralda hasta el campanario y le mostró sus figuras de la ciudad. A Esmeralda le agradaba Quasimodo y le encantaron sus esculturas, pero no podía vivir en el campanario por siempre. Tenía que escapar. Quasimodo le dijo que conocía una salida, la llevó en brazos hasta el balcón y la ayudó a bajar deslizándose por el techo.

Cuando llegaron a la calle, Esmeralda le dio a Quasimodo un amuleto tejido y le dijo que si alguna vez la necesitaba, el amuleto lo ayudaría a encontrarla. Esmeralda desapareció en la oscuridad de la noche.

Cuando Frollo se enteró de que Esmeralda había escapado, se puso furioso. Entonces les dijo a Quasimodo y a Febo que él sabía dónde se escondían los gitanos. Sus soldados los atacarían al amanecer.

Quasimodo y Febo tenían que avisarle a Esmeralda. Se dieron cuenta de que el amuleto tejido que le había dado a Quasimodo era un mapa y lo usaron para encontrar el escondite de los gitanos.

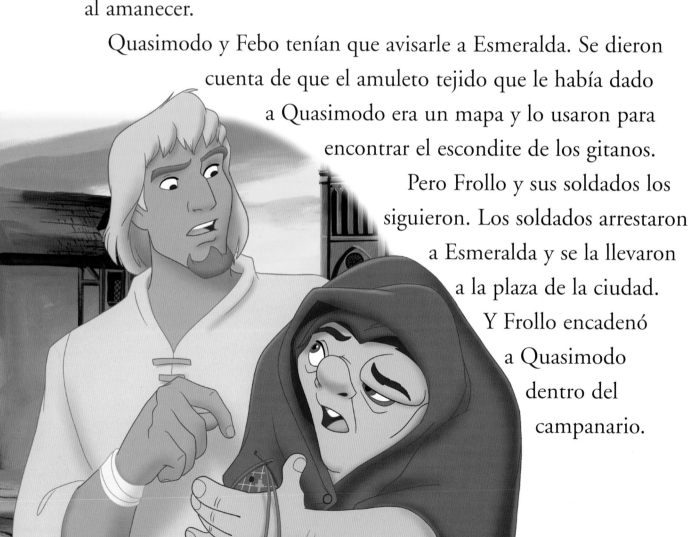

Pero Frollo y sus soldados los siguieron. Los soldados arrestaron a Esmeralda y se la llevaron a la plaza de la ciudad. Y Frollo encadenó a Quasimodo dentro del campanario.

El Jorobado de Notre Dame

Quasimodo rompió las cadenas y bajó hasta la plaza, rescató a Esmeralda y se la llevó. Frollo estaba más furioso que nunca. Los siguió hasta lo alto del campanario, pero cuando trató de capturar a Quasimodo, cayó de la torre.

La gente gritó de júbilo. Ahora todos querían a Quasimodo, porque los había salvado del malvado Frollo.

Los Aristógatos

Adaptado por Lora Kalkman
Ilustrado por los Artistas de Libros de Cuentos de Disney

Duquesa era una hermosa gata blanca. Ella y sus tres gatitos vivían en una bella y enorme mansión en París. Su dueña, Madame Adelaida, era una dama de edad avanzada que adoraba a sus gatos. Ella y su mayordomo, Edgar, los trataban muy bien.

Un día, el abogado de Madame fue a visitarla. Madame le pidió que preparara un testamento, porque quería dejar toda su inmensa fortuna a sus gatos. Madame agregó que una vez que terminara la vida de los gatos, la fortuna pasaría a Edgar.

Pero sucedió que Edgar alcanzó a escuchar a Madame y se disgustó mucho al saber que los gatos heredarían todo primero. Quería toda la fortuna para él, y no deseaba esperar.

74

Edgar elaboró un plan perverso y esa misma noche puso una poción para dormir en la crema de los gatos. Duquesa y los gatitos se quedaron profundamente dormidos después de cenar.

Edgar puso a los gatos dormidos en una cesta, se subió a su motocicleta y salió de la ciudad. Planeaba abandonar a los gatos en el campo para poder quedarse con la fortuna de Madame lo más pronto posible.

Los Aristógatos

Dos perros asustaron a Edgar fuera de la ciudad, y entonces la cesta cayó de la motocicleta y quedó debajo de un puente.

Cuando despertaron, los gatos se sorprendieron al encontrarse en el campo. Duquesa se aseguró de que los gatitos estuvieran a salvo y después intentó pensar en qué había pasado.

"Edgar nos hizo esto", dijo Toulouse, pues antes de quedarse dormido había alcanzado a ver al codicioso mayordomo. Los demás no podían creerlo.

Entonces empezó a llover, y los gatos se metieron a la cesta para pasar la noche.

Al día siguiente, un gato arrabalero llamado Tomás O'Malley pasó por ahí. Duquesa le pareció maravillosa y los dos gatos charlaron y coquetearon. O'Malley le ofreció ayudarla a regresar a París.

Cuando O'Malley descubrió que Duquesa tenía tres gatitos, cambió de parecer. No quería que ningún gatito le diera dolores de cabeza. Pero cuando vio a la familia alejarse sola lentamente, decidió ayudarlos después de todo.

Primero, O'Malley los ayudó a subirse a un camión. Y ahí viajaron por un rato, hasta que el conductor los echó fuera. Después caminaron y se encontraron con muchos personajes interesantes en su camino.

Los Aristógatos

Esa noche, Duquesa y los gatitos pasaron una alegre velada con O'Malley y sus amigos arrabaleros. Lo pasaron espléndidamente.

Duquesa y O'Malley deseaban poder quedarse juntos, pero Duquesa sabía que tenía que regresar con Madame, quien debía echarlos mucho de menos.

Edgar se desesperó al descubrir que Duquesa y sus gatitos habían regresado. Antes de que Madame se enterara de que ya estaban en casa, formuló otro malvado plan. Puso a los gatos en un saco y los llevó al almacén, y después los metió en un baúl para mandarlos a Timbuctú.

Por fortuna, los gatos tenían muchos amigos en la casa de Madame. Roquefort, el ratón, corrió a contarle a O'Malley que los gatos estaban en problemas. Después de mandar a Roquefort a buscar a sus amigos arrabaleros, O'Malley fue a toda prisa al almacén.

Los Aristógatos

O'Malley y la yegua de Madame trataron de salvar a Duquesa y a los gatitos, pero necesitaban ayuda. Por suerte, Roquefort y los gatos arrabaleros llegaron justo a tiempo.

Juntos, obligaron a Edgar a entrar al baúl. ¡Y el tramposo mayordomo fue enviado a Timbuctú!

Después de eso, Madame permitió que O'Malley y todos sus amigos vivieran también en la mansión. Y todos fueron muy felices.

Robin Hood

Adaptado por Lora Kalkman

Ilustrado por los Artistas de Libros de Cuentos de Disney

Robin Hood y el Pequeño Juan eran considerados héroes por la mayoría de la gente, pues robaban a los ricos para dar a los pobres. Normalmente, robar es malo, pero el malvado Príncipe Juan hacía que los pobres pagaran enormes cantidades de impuestos injustos. Así que Robin Hood y el Pequeño Juan sólo les regresaban el dinero a sus verdaderos y agradecidos dueños.

El Sheriff de Nottingham era quien recaudaba los impuestos. El Sheriff era especialmente corrupto. ¡Hasta les quitaba el dinero a los niños en sus cumpleaños para dárselo al Príncipe Juan!

Un día, Robin Hood y el Pequeño Juan vieron que el carruaje del Príncipe se aproximaba a Nottingham e hicieron un plan. Se disfrazaron de adivinas y convencieron al Príncipe Juan para decirle su fortuna. Mientras Robin fingía mirar una bola de cristal falsa, robó el oro del Príncipe. Afuera, el Pequeño Juan robó hasta las cubiertas de las ruedas del carruaje real.

Cuando el Príncipe Juan se dio cuenta de lo sucedido, se puso furioso. Pero en vez de gritar, todo lo que pudo hacer fue lloriquear "Mamá", con voz de bebé, y después se chupó el pulgar. ¡Sabía que Robin Hood lo había engañado!

El Príncipe le pidió ayuda al Sheriff de Nottingham. Debían elaborar un plan, y decidieron hacer un concurso de tiro con arco para capturar a Robin Hood. Y para asegurarse de que asistiera, el Príncipe anunció que el premio sería un beso de Lady Marian.

Sabía que a Robin Hood le gustaba la joven, y quiso aprovechar la situación.

Robin Hood

Efectivamente Robin Hood fue al concurso, ¡pero llegó disfrazado de cigüeña! Al principio, sólo Lady Marian reconoció al alegre bribón, pero todos aclamaron al extraño, que demostró ser un excelente arquero.

Por fin, cuando la cigüeña hizo un tiro especialmente heroico, el Príncipe Juan se dio cuenta de que debía ser Robin Hood. La persecución comenzó, y prosiguió una loca batalla. Por fortuna, Robin Hood, el Pequeño Juan y Lady Marian escaparon por el bosque.

El Príncipe Juan no podía creer que Robin Hood hubiera escapado. La gente del pueblo aclamaba a su héroe y se burlaba del Príncipe. Furioso, elevó los impuestos aún más. Cuando la gente ya no podía pagar los impuestos, la encerraban en la cárcel. ¡El malvado Príncipe Juan encarcelaba hasta a los niños!

Cuando el Fraile Tuck se atrevió a protestar por los impuestos injustos, ¡el Sheriff también lo encerró en la cárcel!

Entonces, el Príncipe Juan ideó otro plan: anunció que castigaría al Fraile Tuck al amanecer y les dijo a sus guardias que capturaran a Robin Hood cuando llegara a rescatarlo.

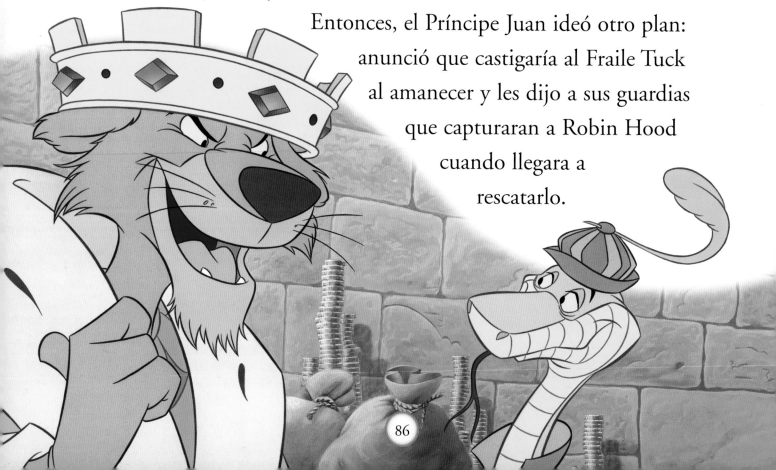

Robin Hood

Robin Hood sabía que debía actuar rápidamente. Esa noche, él y el Pequeño Juan se introdujeron al castillo. Robin Hood llevaba otro disfraz y logró engañar de nuevo al Sheriff. Tomó la llave de la cárcel y se la dio al Pequeño Juan, quien liberó a todos. Mientras tanto, ¡Robin Hood recuperó todo el oro que el Príncipe Juan tenía en su habitación!

Al poco rato, el Príncipe y sus guardias comenzaron la cacería. Robin Hood luchó contra los guardias mientras los demás escapaban. Finalmente, Robin Hood escaló altos muros, se descolgó por cuerdas y cruzó nadando el foso del castillo para escapar.

Durante la lucha, el Sheriff prendió fuego al castillo por accidente. Cuando el Príncipe Juan vio que el castillo estaba en llamas, no pudo hacer nada más que lloriquear "Mamá" y volver a chuparse el pulgar.

Robin Hood

La gente del pueblo estaba feliz por haber recuperado su oro. Y todos se alegraron aún más al enterarse del regreso del Rey Ricardo, que se había ido la guerra. La guerra había terminado, y el Rey encerró al Sheriff, al Príncipe Juan y a todos sus ayudantes.

Mientras tanto, Robin Hood y Lady Marian tuvieron una alegre boda e invitaron a todo el pueblo a la celebración. El Fraile Tuck y el Rey Ricardo también asistieron.

Y Nottingham volvió a ser un lugar feliz.

Atlantis

Adaptado por Lisa Harkrader
Ilustrado por Sue DiCicco y Andrew Williamson

Milo Thatch soñaba con encontrar la ciudad perdida de Atlantis. Según la leyenda, Atlantis era el hogar de una civilización avanzada, pero había desaparecido en el océano hacía miles de años.

Milo trabajaba para un museo muy grande, y trató de convencer a los directores del museo de enviarlo a una expedición en busca de Atlantis, pero sólo se rieron de él.

Un hombre muy rico llamado Whitmore envió por Milo y le dio un libro llamado *El Diario del Pastor*, que estaba escrito en una lengua antigua y explicaba cómo llegar a Atlantis. Whitmore le pidió a Milo que usara *El Diario del Pastor* para guiar a la tripulación en una expedición para encontrar la ciudad perdida. Milo accedió y la tripulación inició el viaje.

Mientras el submarino de la expedición atravesaba el océano, Milo descifró *El Diario del Pastor*. Le dijo a Rourke, el Comandante de la expedición, cómo encontrar el túnel submarino que llevaba a Atlantis. También le advirtió que fuera cauteloso. De acuerdo con el diario, había un enorme monstruo mecánico llamado Leviathan que cuidaba la entrada del túnel.

Cuando el submarino llegó al túnel, el Leviathan los atacó. Rourke, Milo y la tripulación escaparon en pequeños submarinos, que salieron disparados por el túnel y entraron a una enorme cueva.

Milo y la tripulación siguieron por la cueva hasta adentrarse más en la tierra y llegar a una hermosa ciudad llena de pájaros, árboles y cascadas. ¡Finalmente habían encontrado Atlantis!

Atlantis

En la orilla de la ciudad, se toparon con un grupo de guerreros de Atlantis. Uno de los guerreros era Kida, la princesa de Atlantis, quien confió en Milo. Su ciudad se estaba muriendo y necesitaba la ayuda de Milo. Lo llevó hasta una antigua inscripción y le pidió que la leyera y le dijera cómo salvar a Atlantis.

La inscripción describía un antiguo Cristal que mantendría viva a la ciudad. Pero cuando Milo y Kida buscaban el Cristal, Rourke los capturó. El Comandante quería vender el Cristal para hacerse rico.

Rourke obligó a Milo a llevarlo hasta el Cristal, que tenía un extraño brillo. Cuando su luz brilló sobre Kida, ella se convirtió en parte del Cristal. Rourke se apoderó de Kida cristalizada y se dispuso a partir, pero su tripulación se negó a ir con él, y ayudó a Milo cuando empezó a perseguirlo.

Rourke intentó escapar en un globo aerostático. Milo saltó al globo, tomó un fragmento del Cristal y lo cortó.

Cuando el Cristal tocó la piel del Comandante, él se convirtió en cristal y se hizo añicos.

Atlantis

El Cristal liberó a Kida y luego se elevó en el cielo. Entonces, la ciudad moribunda volvió a cobrar vida. Cuando la tripulación partió rumbo a casa, Milo se quedó con Kida. Quería vivir en Atlantis, la ciudad con la que había soñado toda su vida.

La dama y el vagabundo

Adaptado por Kate Hannigan
Ilustrado por los Artistas de Libros de Cuentos de Disney

Reina era una hermosa perrita con enormes ojos marrones y pelo color miel, y vivía con Jaime y Linda, quienes la querían mucho.

Un día, Reina se encontró con un despreocupado perro llamado Golfo. No tenía ninguna familia que cuidar, así que vagaba por toda la ciudad y hacía lo que quería.

Cuando Golfo se enteró de que los humanos de Reina iban a tener un bebé, le advirtió que los bebés lo cambian todo. Reina

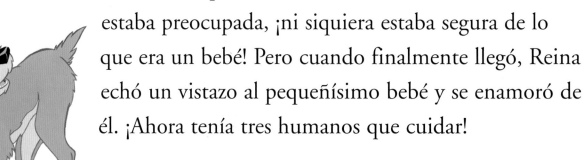

estaba preocupada, ¡ni siquiera estaba segura de lo que era un bebé! Pero cuando finalmente llegó, Reina echó un vistazo al pequeñísimo bebé y se enamoró de él. ¡Ahora tenía tres humanos que cuidar!

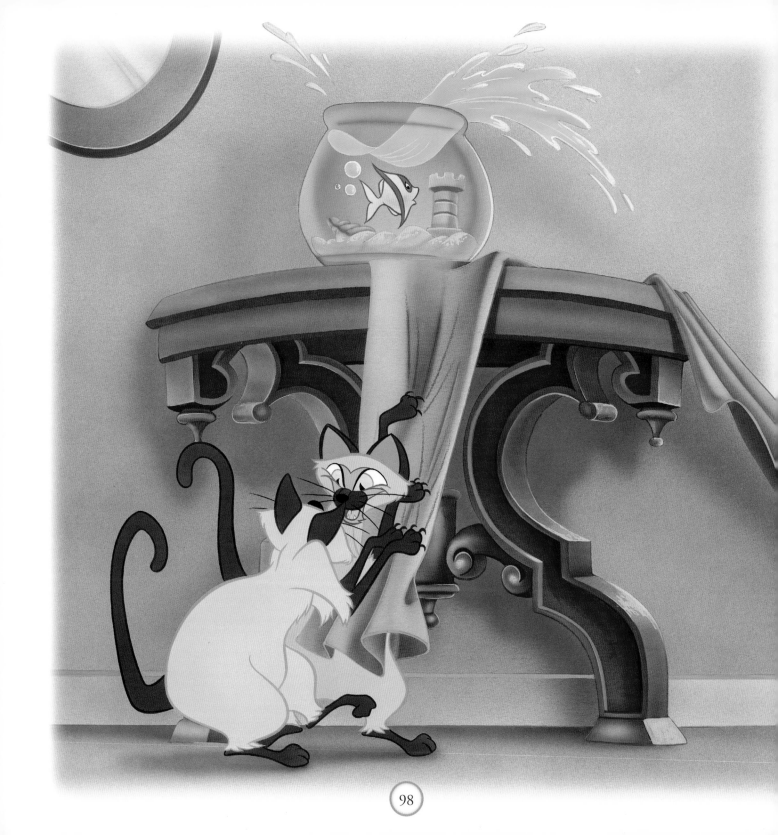

La dama y el vagabundo

Al poco tiempo, Jaime y Linda tuvieron que hacer un viaje y la Tía Sara llegó a ayudarles a cuidar al bebé. Traía cajas, bolsas y una enorme maleta, pero eso no era todo: ¡también había traído a sus dos gatos siameses! Los gatos sólo causaron problemas para Reina: derribaron jarrones, volcaron la pecera y todo lo desordenaban.

Reina ladraba y ladraba, tratando de controlarlos, pero la Tía Sara no lo entendía, así que llevó a Reina a la tienda de mascotas y le compró un bozal. ¡La pobre Reina no podía soportarlo! Salió corriendo de la tienda hacia la calle lo más rápido que sus patas se lo permitieron.

Una jauría de perros malos empezó a perseguir a Reina, que estaba muy asustada. "¡Déjenla en paz!", gritó Golfo, luego saltó frente a los feroces perros y los ahuyentó.

Golfo le había salvado la vida a Reina.

La dama y el vagabundo

Golfo ayudó a Reina a quitarse el bozal. ¡Finalmente estaba libre! Decidieron celebrarlo en el restaurante favorito de Golfo.

El dueño les sirvió una cena especial de espagueti con albóndigas. Hasta les puso una mesa muy elegante y les tocó música. Reina y Golfo se enamoraron.

A la mañana siguiente, Golfo quería divertirse, así que persiguieron a unas gallinas por un patio, ¡las gallinas cacareaban asustadas, e hicieron todo un alboroto!

De pronto, el señor de la perrera apareció. Atrapó a Reina y la mandó a la perrera. Por fortuna, Reina no tuvo que quedarse mucho tiempo ahí.

Cuando Reina regresó a casa, la Tía Sara la mandó a dormir afuera y la encadenó a su casita. Entonces, una rata entró a la casa y Reina intentó perseguirla. Golfo escuchó los ladridos y corrió a ayudar. ¡La rata había entrado al cuarto del bebé!

Reina se liberó de la cadena y ayudó a Golfo a salvar al bebé de la horrorosa rata.

La Tía Sara escuchó los ladridos de los perros y se apresuró a llamar a la perrera para que se llevaran a Golfo. Justo en el momento en que se lo llevaban, Jaime y Linda regresaron a casa, y corrieron al cuarto del bebé para ver por qué había tanto alboroto.

"¡Reina, creo que tú y tu amigo intentaban salvar a nuestro bebé de esta rata!", exclamó Jaime. Tenían que apresurarse para salvar a Golfo.

Reina y Jaime corrieron al auto, se subieron y fueron tras el camión de la perrera. Jock y Triste, los amigos de Reina, también ayudaron. Rescataron a Golfo justo a tiempo.

Al poco tiempo, Golfo se quedó a vivir con Reina. Le agradaba tener una familia que cuidar. Él y Reina estaban muy ocupados atendiendo a Jaime, a Linda y a su bebé. Pero esa no era toda la familia. ¡Reina y Golfo también tuvieron cuatro inquietos cachorros a quienes cuidar!

El libro de la selva

Adaptado por Kate Hannigan
Ilustrado por los Artistas de Libros de Cuentos de Disney

En lo más profundo de la selva, una pantera negra llamada Bagheera descubrió a un bebé en una cesta. Pero no era un bebé animal... ¡era un cachorro de hombre! Bagheera necesitaba encontrar a alguien que lo cuidara. Conocía a una familia de lobos con crías. Seguramente ellos podrían alimentar una boca más, pensó Bagheera. Y así, Mowgli fue criado como cachorro en una manada de lobos.

Pasaron diez estaciones de lluvias, y Mowgli se convirtió en niño. Los lobos lo amaban, pero temían que Shere Khan, el feroz tigre de la selva, lo encontrara pronto. Shere Khan no quería al Hombre en su selva, y los lobos temían no poder proteger a Mowgli del tigre.

Bagheera dijo que conocía una aldea de hombres donde Mowgli estaría a salvo. Y así, una noche, Bagheera y Mowgli emprendieron su camino por la selva.

Cuando el cachorro de hombre ya no pudo caminar más, Mowgli y Bagheera descansaron en las anchas ramas de un árbol. Y justo cuando se estaban quedando dormidos, la serpiente Kaa apareció. Tenía hambre y Mowgli le pareció un sabroso bocado. ¡Entonces miró a Mowgli a los ojos y lo hipnotizó! Bagheera despertó justo a tiempo para salvar a Mowgli de la escurridiza serpiente.

Mowgli no quería irse de la selva. Cuando amaneció, saltó del árbol y se incorporó a un desfile de elefantes que iba pasando debajo. Marchó detrás del elefante más pequeño, y después se formó en fila para la inspección. "¿Qué le pasó a tu trompa?", le preguntó el Coronel Hathi, el líder de los elefantes. ¡Y entonces se dio cuenta de que Mowgli era un cachorro de hombre!

Bagheera intentaba llevar a Mowgli a la aldea de los hombres, pero él no quería ir. La pantera se sentía cada vez más frustrada y le dijo a Mowgli que lo iba a dejar solo. "No te preocupes por mí", replicó Mowgli.

Al poco rato, Mowgli se hizo amigo de un oso llamado Baloo. Baloo le enseñó cómo bajar bananas y gruñir como oso. Pasaron el tiempo estupendamente, trepando a los árboles y salpicándose en el río. Pero un grupo de monos los observaba mientras flotaban despreocupadamente por el río. ¡En el momento justo, se estiraron y se apoderaron de Mowgli, levantándolo de la enorme barriga de Baloo!

Baloo llamó a Bagheera para que lo ayudara y juntos rescataron a Mowgli de los monos. Pero ahora también le quedaba claro a Baloo que la selva no era un buen sitio para un cachorro de hombre.

Mowgli se enfadó cuando Baloo le dijo que era tiempo de regresar a la aldea de los hombres, así que escapó. Bagheera y Baloo lo buscaron por todas partes, y hasta les pidieron ayuda a los elefantes. Mientras Bagheera hablaba con el Coronel Hathi, Shere Khan escuchaba tras un arbusto cercano. Ahora el malvado tigre sabía que el cachorro de hombre no podía andar muy lejos, y comenzó su búsqueda de inmediato.

Muy pronto, Shere Khan encontró a Mowgli. "¡No te tengo miedo!", gritó Mowgli valientemente cuando vio al tigre. Shere Khan saltó hacia el niño, pero de repente apareció Baloo, agarró a Shere Khan por la cola y lo detuvo. Unos amistosos buitres bajaron y se llevaron a Mowgli para ponerlo a salvo.

Shere Khan y Baloo lucharon hasta que un relámpago encendió un pequeño fuego. Mowgli tomó una rama en llamas y la ató a la cola de Shere Khan. El tigre, que a lo único que le temía era al fuego, salió corriendo de la selva y nunca más se supo de él.

Baloo le dio a Mowgli un gran abrazo de oso. Nada se interpondría entre ellos otra vez, dijo.

En ese momento, Mowgli escuchó un hermoso sonido. Una niña de la aldea de los hombres cantaba cerca, y Mowgli sintió curiosidad.

Mowgli siguió a la niña hacia la aldea de los hombres, y Bagheera y Baloo se despidieron de él. Se sentían tristes de ver a su amigo partir, pero era lo mejor. Mowgli estaría a salvo y tendría un hogar en la aldea de los hombres, adonde pertenecía.

Monsters, Inc.

Adaptado por Michael John Burns
Ilustrado por Judith Holmes Clarke, Caroline Egan
y los Artistas de Libros de Cuentos de Disney

Una linda mañana en la ciudad de Monstruópolis, Sulley y su compañero de cuarto, Mike, comenzaban otro día de trabajo. Se sentían orgullosos de trabajar en Monsters, Inc., la compañía que suministraba energía a toda la ciudad. Sulley y Mike iban camino a la concurrida Planta de Sustos, donde las puertas de los armarios de todo el mundo pasaban por bandas transportadoras. Los Espantadores como Sulley entraban por las puertas y asustaban a los niños que dormían, cuyos gritos se utilizaban para dar energía a la ciudad. Los gritos de los niños eran una gran fuente de energía en el mundo de los monstruos.

Al final de ese día, Sulley nuevamente resultó ser el Mejor Espantador. Los demás monstruos lo felicitaron... todos excepto el escurridizo Randall, que tenía un plan secreto para ser el mejor.

Cuando Sulley y Mike iban saliendo, Mike se dio cuenta de que había olvidado sus papeles. Sulley se ofreció a regresar a la Planta de Sustos por ellos.

En la oscura y callada Planta de Sustos, Sulley notó que alguien había dejado activada una puerta de armario. ¡Qué terrible! ¡Un niño podría escabullirse por la puerta y entrar al mundo de los monstruos! Eso sería un desastre total. Cualquier monstruo sabía que los niños eran sumamente peligrosos.

Con cuidado, Sulley abrió la puerta y se asomó dentro. No vio ningún Espantador. De pronto, escuchó una risita detrás de él, y al volverse, ¡vio a una niñita que había entrado a la Planta de Sustos! Alarmado, Sulley intentó poner a la niñita de nuevo en su cuarto, pero era demasiado rápida para él. Y en medio de la confusión, el Espantador se tropezó con juguetes humanos.

Sulley sintió pánico. Después de esconder la evidencia de los juguetes, metió a la niñita en una bolsa de tela y salió corriendo a buscar a Mike.

Monsters, Inc.

Escondidos en su departamento, Sulley y Mike intentaron pensar qué hacer. Mientras revolvían todo tratando de evadir a la niñita, Mike tropezó y cayó. La niñita se rió, y cuando lo hizo hubo una gran onda de energía. Las luces de todo el pueblo se hicieron muy brillantes.

Después de pasar un rato con la dulce niñita, Sulley poco a poco se dio cuenta de que no era peligrosa. Descubrió que se estaba encariñando con ella y hasta le puso nombre: Boo.

A la mañana siguiente, Mike y Sulley disfrazaron a Boo con un ingenioso traje de monstruo. Planeaban introducirla a Monsters, Inc., regresarla a su armario y mandarla a casa.

En Monsters, Inc., Sulley y Mike descubrieron que Randall tenía un plan secreto asqueroso: había inventado una máquina Extractora de Gritos y planeaba resolver la crisis de energía robando niños y sus gritos. ¡Boo iba a ser la primera víctima!

Afortunadamente, Sulley y Mike lograron detener a Randall y salvar a Boo. La enviaron a casa y su puerta fue destruida hasta convertirla en astillas. Sulley no volvería a ver a Boo... pero al menos la niña estaba a salvo.

Meses después, Sulley estaba a cargo de Monsters, Inc. Él y Mike habían descubierto que la risa de los niños era mucho más poderosa que sus gritos. La Planta de Sustos se convirtió en la Planta de Risas. En lugar de asustar, los monstruos hacían bromas. Se había terminado la crisis de energía, pero Sulley seguía echando de menos a Boo.

Un día, Mike le dijo a Sulley que le tenía una sorpresa. ¡Era la puerta de Boo! Mike la había reconstruido, pieza por pieza. Emocionado, Sulley abrió la puerta y se asomó. Sonrió y Boo rió con él.

Los 101 Dálmatas

Adaptado por Kate Hannigan
Ilustrado por los Artistas de Libros de Cuentos de Disney

Pongo y Perdita vivían en una acogedora casa de Londres con sus dos humanos, Rogelio y Anita. Una noche tormentosa, Perdita dio a luz a sus cachorritos. Nanny llamó a Rogelio y a Pongo y les anunció la llegada de siete cachorritos sanos.

"¡Ya son trece! ¡No, catorce!", gritó Nanny de nuevo. "¡Oh, cielos, quince!"

Pongo no podía creerlo. Era el padre de quince cachorritos. Y bailó de gusto hasta que la puerta trasera se abrió de golpe.

Ahí, en la puerta, se encontraba la antigua compañera de escuela de Anita, Cruela De Vil. Ella también estaba emocionada, pero tenía planes diferentes para los cachorros de Pongo y Perdita. Cruela quería comprarlos. Sacó su chequera y su pluma, salpicando de tinta a Rogelio y a Pongo. Rogelio le dijo que no iban a vender a los cachorros... a ninguno. Cruela salió furiosa de la casa.

Una noche, Pongo y Perdita salieron a dar un paseo por el parque con sus humanos. La casa quedó en silencio mientras Nanny llevaba a los cachorros a la cama. De pronto, tocaron a la puerta. Horacio y Gaspar, los malvados secuaces de Cruela, entraron a la casa y se robaron a los cachorros.

Rogelio y Anita trataron de ayudar, pero eran los perros, Pongo y Perdita, quienes tenían que encontrarlos. Al anochecer, ladraron alertando a todos los perros de Londres. Esperaban que su Ladrido del Crepúsculo llevara el mensaje a alguien que pudiera ayudarlos.

El mensaje llegó por fin hasta una tranquila granja fuera de la ciudad. Un viejo caballo y un gato abandonado escucharon la señal de alerta primero. El gato, llamado Sargento Tibs, despertó al Coronel, un viejo perro pastor inglés. El Coronel escuchó. "¡Quince cacharros manchados robados!", dijo. El Sargento Tibs dijo que tal vez eran cachorros y no cacharros.

Tibs había oído ladridos cerca, en la vieja casa De Vil. Él y el Coronel corrieron a investigar. Tibs se asomó al interior de la casa y vio a los quince cachorros perdidos... y a muchos cachorros más que Cruela había comprado o robado. Tibs empezó a contar y a contar y a contar. ¡Noventa y nueve cachorros!

El Coronel les ladró la noticia a los perros de la aldea cercana, y ellos la pasaron de igual forma. El Ladrido del Crepúsculo regresó de nuevo hasta Londres. ¡Habían encontrado a los cachorros!

Pongo y Perdita corrieron lo más rápido posible y llegaron a la mansión De Vil justo a tiempo. ¡Cruela quería hacer abrigos con la piel de los cachorros! Pongo y Perdita se arrojaron contra Horacio y Gaspar, mientras el Sargento Tibs y el Coronel ponían a salvo a los cachorros.

Pongo y Perdita estaban muy felices de ver a sus cachorritos. ¡Pero sabían que Cruela y sus secuaces aún seguían tras ellos!

Los perros corrieron por el hielo y la nieve hasta que se encontraron con un perro labrador negro, que tenía arreglado un viaje a Londres. Mientras esperaban, los inquietos cachorros rodaron sobre hollín. Pongo les dijo a los cachorros que se ensuciaran lo más que pudieran. ¡Ya todos cubiertos del negro hollín, parecían labradores!

El disfraz les ayudó a introducirse en la camioneta que los esperaba, justo enfrente de Cruela. Un poco de agua salpicó al último cachorro y Cruela alcanzó a ver sus manchas. ¡Los cachorros estaban escapando! Cruela y sus secuaces persiguieron la camioneta. Finalmente, Cruela chocó contra el camión de Horacio y Gaspar.

Los 101 dálmatas

Los cachorros llegaron a salvo a casa, y Rogelio, Anita y Nanny contaron noventa y nueve. Con Pongo y Perdita ya eran 101 dálmatas. "Pondremos un criadero", dijo Rogelio. "¡Un criadero de dálmatas!" Y eso fue justo lo que hicieron.

El Caldero Mágico

Adaptado por G.F. Bratz
Ilustrado por los Artistas de Libros de Cuentos de Disney

Hace mucho tiempo, había un rey muy cruel cuyo espíritu fue capturado en un enorme Caldero Mágico y permaneció escondido durante siglos. Los hombres malvados buscaban el Caldero, porque sabían que les brindaría el poder para gobernar al mundo.

Un anciano llamado Dolben vivía en ese mismo reino, y tenía una cerdita muy especial, Hen Wen, que podía ver el futuro. Con ellos vivía también un niño llamado Taron.

Un día, Hen Wen vio una aterradora imagen del Rey del Mal. Dolben supo inmediatamente que el Rey del Mal quería usar a Hen Wen para encontrar el Caldero Mágico.

"¡Vete!", le ordenó Dolben a Taron. "¡Llévate a Hen Wen y escóndela en el bosque hasta que yo vaya por ustedes!"

Decidido a proteger a Hen Wen, Taron se la llevó al Bosque Prohibido, como Dolben se lo había indicado. Pero mientras soñaba despierto en convertirse en un famoso guerrero, de pronto se dio cuenta de que Hen Wen ya no estaba con él.

"¡Hen Wen! ¿Dónde estás?", gritó Taron. Pero en lugar de encontrar a Hen Wen, Taron descubrió una traviesa criatura llamada Gurgi, que lo distrajo. Taron no pudo encontrar a Hen Wen antes de que dos dragones voladores capturaran a la cerdita y se la llevaran al oscuro castillo del siniestro Rey del Mal.

El Caldero Mágico

Haciendo frente a sus temores, Taron logró introducirse al castillo y rescatar a Hen Wen del malvado rey. Después, salió como rayo del castillo y apenas tuvo tiempo para arrojar a Hen Wen al foso.

"¡Nada! ¡Nada!", le gritó. "¡Es nuestra única oportunidad!" Por suerte, Hen Wen escapó, pero Taron fue capturado y arrojado al calabozo del castillo.

En el oscuro calabozo, Taron se sorprendió al encontrar a una hermosa princesa que también ansiaba escapar. Al parecer conocía los pasadizos del castillo, así que la siguió por el calabozo y descubrió una espada mágica en una de las cámaras. Después, escucharon que alguien pedía auxilio y se encontraron con un juglar llamado Fausto Flama. Pero mientras trataban de liberarlo fueron descubiertos y, de no haber sido por la espada mágica, los hubieran capturado de nuevo.

El Caldero Mágico

En el bosque, el trío se topó con Gurgi otra vez. La criatura peluda les señaló las huellas de Hen Wen, ¡que los llevaron directamente a un remolino!

No tenían otra alternativa más que saltar al remolino. Bajaron dando vueltas y vueltas, y llegaron hasta un mundo mágico. Mientras extrañas criaturas revoloteaban curiosas a su alrededor, Taron se alegró de encontrar a Hen Wen sana y salva.

Taron sabía lo que debían hacer. "Si destruimos el Caldero Mágico, detendremos al Rey del Mal", les explicó.

133

Las criaturas los guiaron hasta el Caldero Mágico, que les pertenecía a tres brujas. Al cambiarles la espada por el Caldero a las brujas, Taron se enteró de que la única forma de destruir el Caldero era metiéndose en él por voluntad propia. De repente, el ejército del Rey los rodeó y se los llevaron al castillo. ¡Por fin, el Rey del Mal tenía el Caldero Mágico! Los amigos estaban desesperados, pero Gurgi apareció de pronto y valientemente se arrojó dentro del Caldero, destruyendo así al rey, a su ejército y al castillo. Taron y sus amigos saltaron rápidamente a un bote y se alejaron de ahí.

El Caldero Mágico

Las tres brujas volvieron a aparecer, y les exigieron que les regresaran el Caldero. Mientras Fausto negociaba intercambiarlo por la espada, Taron dijo con tristeza que prefería que le regresaran a Gurgi. Todavía no acababa de decir las últimas palabras cuando Gurgi apareció por arte de magia, sano y salvo... para vivir feliz para siempre con sus heroicos nuevos amigos.

Dumbo

Adaptado por Kate Hannigan
Ilustrado por los Artistas de Libros de Cuentos de Disney

Una elefanta, la Señora Yumbo, había esperado mucho, mucho tiempo la llegada de un bebé. Así que el día que la Señora Cigüeña finalmente la visitó, la Señora Yumbo se puso muy contenta. Ahí, sobre la sabanita, estaba sentado el bebé elefante más adorable que ella había visto. ¡Era perfecto!

La Señora Yumbo sonreía orgullosa mientras las demás elefantas mimaban a su recién nacido. Entonces, Yumbo Júnior estornudó —¡Ah-chú!— y sus orejas se extendieron por completo. ¡Eran enormes!

Las elefantas se rieron y señalaron al Bebé Yumbo. "¿Yumbo?", dijeron. "¡Querrás decir Dumbo!" La Señora Yumbo trató de ignorarlas. Ella amaba a Dumbo con todo y sus enormes orejas.

A la mañana siguiente fue el desfile del circo y la multitud aplaudía a los animales que pasaban. Dumbo marchaba formado detrás de los otros elefantes. De repente, tropezó con sus largas orejas y cayó al lodo.

Todos se rieron de él.

La mamá de Dumbo se puso furiosa y la encerraron. Los demás elefantes se sintieron avergonzados por Dumbo y sus enormes orejas y le dieron la espalda. "Hagan como si no estuviera", dijeron. Dumbo se alejó caminando solo.

El ratón Timoteo sintió lástima por Dumbo. Sabía que los elefantes les temían a los ratones, así que caminó hasta los gigantescos animales y agitó sus patitas. ¡Estaban aterrados! Timoteo se rió y regresó con Dumbo. Rápidamente se hicieron amigos. A Timoteo le gustaban las orejas del elefantito, y pensaba que Dumbo podía ser una estrella.

Dumbo

Al día siguiente, el maestro de ceremonias anunció un nuevo acto en el circo. "¡Damas y caballeros, ahora presentamos la pirámide de elefantes!", dijo. Quería que Dumbo subiera hasta arriba de la torre de elefantes. Llevaba las orejas atadas para que no se tropezara. Pero mientras Dumbo corría hacia la tambaleante torre, sus orejas se desataron. Se tropezó y derribó a todos los elefantes.

Los elefantes se sentían pésimo cuando el tren del circo emprendió su camino a casa. Elevaron sus trompas e hicieron una promesa. "¡De ahora en adelante, Dumbo ya no será elefante!", dijeron.

El maestro de ceremonias se sentía igual y obligó a Dumbo a trabajar con los payasos. La multitud reía y reía cuando Dumbo saltaba de lo alto de una torre a un cubo de agua. Dumbo estaba avergonzado. No quería ser payaso... quería ser un elefante.

El ratón Timoteo sentía tristeza por su amigo, y los dos se acomodaron en un pajar para pasar la noche. Dumbo soñó que volaba. Se imaginó que aleteaba con sus orejas y planeaba como un pájaro.

Cuando despertaron en la mañana, el ratón Timoteo no podía creer lo que veía. ¡Estaban muy arriba, en las ramas de un árbol! "¿Qué pasó, Dumbo?", le preguntó.

Dumbo movió sus orejas como
en el sueño, pero no sucedió nada.
Finalmente, unos Cuervos pasaron
revoloteando y le dieron una pluma a Timoteo. Le dijeron que le
hiciera creer a Dumbo que era una pluma mágica.

¡Y funcionó! Con Timoteo subido en su gorro, Dumbo agitó sus
orejas y empezó a planear por el cielo. Volaron sobre las puntas de
los árboles hasta el circo.

Dumbo

Cuando los payasos hicieron su número esa noche, Dumbo se subió otra vez a lo alto de la torre, tomó valientemente su pluma mágica y saltó. De repente, la pluma se soltó de su trompa. Dumbo caía rápido. Timoteo le gritó que la pluma en realidad no era mágica, ¡y que podía volar por sí solo!

En el último instante, Dumbo agitó sus orejas y la multitud aplaudió. La gente nunca antes había visto algo como ese elefante volador con sus enormes y asombrosas orejas.
¡Dumbo era una estrella!

Buscando a Nemo

Adaptado por Michael Fertig
Ilustrado por los Artistas de Libros de Cuentos de Disney

Era el primer día de escuela de Nemo y el pececillo ansiaba impresionar a los demás chicos de su clase. Se retaban entre sí para nadar desde la temible Caída hasta tocar el fondo de un bote que flotaba cerca. Nemo nadó sin miedo hasta el bote.

El padre de Nemo, Marlín, llegó al lugar. Estaba disgustado con Nemo por haberse alejado tanto del resto de su grupo. Marlín le gritó frente a todos, así que Nemo se sintió avergonzado y se enfadó con su padre por gritarle.

Sin pensarlo, Nemo también le gritó a
su padre.

"Te odio", le dijo.

En realidad Nemo no lo odiaba, pero antes
de que pudiera disculparse, un buceador nadó
tras él y lo capturó.

Marlín lo vio todo, horrorizado. El
buceador nadó hasta la superficie, se subió
al bote con Nemo y se fue a toda prisa.
Marlín nadó tras él, pero era inútil: el
bote de motor era demasiado rápido.

Marlín buscó frenéticamente
a alguien que le dijera hacia
dónde se dirigía ese bote. Estaba
desesperado y ya no sabía qué hacer,
¡necesitaba ayuda!

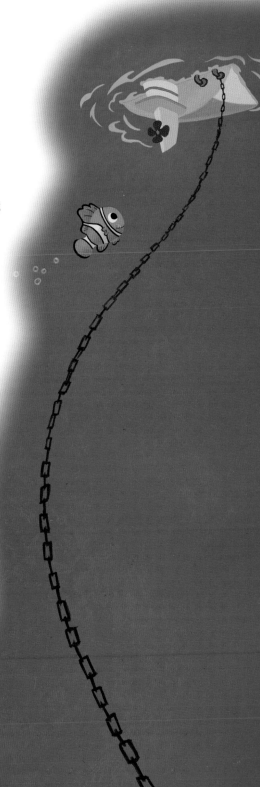

Un majestuoso pez azul llamado Dory ofreció ayudarlo. Sin embargo, Dory tenía una memoria de muy corto plazo y casi de inmediato olvidó que iba a ayudar a Marlín. De hecho, pensó que Marlín la estaba persiguiendo.

Dory se lanzaba de aquí para allá por las aguas del mar, intentando alejarse de su perseguidor. Finalmente, Marlín logró detenerla y le explicó por qué la seguía; ella se rió de su propia tontería. Después, el dúo se fue a buscar a Nemo y pasaron todo tipo de aventuras. Los persiguieron tiburones y les picaron medusas, pero encontraron la dirección del hombre que se había llevado a Nemo: Calle Wallaby 42, Sydney.

Mientras tanto, Nemo se encontraba en la pecera de un dentista, el Doctor Sherman. Ahí se enteró de que él sería un regalo para Darla, la sobrina del Doctor Sherman. Los demás peces de la pecera le dijeron que Darla no era muy amable con sus peces mascotas.

En ese momento, Nigel, el pelícano, llegó hasta la ventana con noticias de las aventuras de Marlín. ¡Andaba en busca de Nemo!

En el océano, Marlín y Dory continuaban su búsqueda de Nemo. Se acababan de despedir de un grupo de serviciales tortugas marinas, cuando se dieron cuenta de que estaban perdidos. Para empeorar las cosas, una enorme ballena se los tragó. Marlín y Dory pensaron que era su fin.

Para su sorpresa, salieron disparados en un chorro de agua sobre la superficie del mar: la ballena los había sacado por su espiráculo justo frente a la costa de Sydney. Dory le sonreía a Marlín mientras volaban por el aire.

Sabían que se acercaban, pero aún no estaban libres de problemas: se las arreglaron para encontrarse rodeados por una multitud de gaviotas hambrientas. Estaban a punto de convertirse en el desayuno de las aves, cuando Nigel los vio y los rescató, metiéndolos en su boca.

En el consultorio del dentista, Nemo estaba a punto de convertirse en el regalo de cumpleaños de Darla, así que para que lo arrojaran por el inodoro —pues todas las tuberías daban al océano—, fingió estar muerto.

Mientras Nemo flotaba boca arriba, Nigel había volado hasta la ventana del consultorio del Doctor Sherman. Marlín vio a Nemo y pensó que estaba muerto. Nigel y Dory pensaron lo mismo. Nigel se alejó volando, se disculpó y puso a los dos peces de nuevo en el océano.

En el consultorio, con la ayuda de los demás peces, Nemo logró escapar por el drenaje de la escupidera del Doctor Sherman. Nadó por todo el drenaje hasta que salió por una válvula. ¡Nemo estaba de vuelta en el océano!

Marlín pensó que su hijo había muerto y se despidió de Dory. Mientras se alejaba, Dory se topó con Nemo, justo cuando el pequeño pez salía de la tubería. Después de tomarse un momento para recordar por qué era tan importante encontrarlo, Dory llevó a Nemo con su padre. Marlín no podía creerlo: ¡Nemo estaba vivo! Padre e hijo se abrazaron, emocionados de volver a estar juntos.

"Te quiero, papá", dijo Nemo, abrazando a su padre.

"Yo también te quiero", le dijo Marlín a su hijo.

Las locuras del Emperador

Adaptado por Gayla Amaral

Ilustrado por los Artistas de Libros de Cuentos de Disney

Hace mucho tiempo, vivía un emperador muy egoísta llamado Kuzco. Para celebrar su cumpleaños, decidió regalarse algo especial: una casa de verano en el mejor lugar en lo alto de una colina. ¡La llamaría Kuzcotopía! Después de todo, Kuzco estaba muy mimado y vivía en un mundo perfecto donde se cumplían todos sus caprichos. Por desgracia, construir su casa de verano significaba destruir la aldea de los campesinos que vivían en lo alto de la colina.

Cuando Pacha, uno de los campesinos, fue llamado al palacio, descubrió que Kuzco planeaba destruir la aldea donde su familia había vivido durante generaciones. ¡Como él tenía de generoso y amable lo que Kuzco de egoísta y malvado, el campesino no podía creer lo que escuchaba!

"Pero... ¿dónde viviremos nosotros?", preguntó Pacha.

"¡No lo sé, ni me importa!", respondió el Emperador.

El siguiente paso en los negocios de Kuzco era despedir a su malvada y aterradora consejera, Yzma. La indignada Yzma tramó un plan siniestro: con unas cuantas gotas de veneno en la cena, ¡Kuzco moriría antes del postre! En cuanto Kuzco probó el veneno, ya estaba... ¿muerto? ¡Realmente no! ¡Se había convertido en una llama!

Furiosa, Yzma ordenó que Kronk, su musculoso asistente, terminara el trabajo. Pero el torpe Kronk falló, y el Emperador Llama aterrizó en la carreta del consternado Pacha, quien aceptó llevarlo de regreso al palacio, pero sólo si Kuzco prometía no destruir la aldea.

Las locuras del Emperador

"¡Yo no hago tratos con campesinos!", respondió Kuzco, caminando hacia la selva. Pero Pacha creía que en todos existía el bien, hasta en Kuzco; así que corrió detrás del Emperador y le dio otra oportunidad. Kuzco finalmente le hizo una promesa, pero sólo era una gran mentira.

Mientras tanto, en el castillo, la malvada Yzma descubrió que Kuzco seguía vivo y salió con Kronk a buscarlo. Kronk podía comunicarse con las ardillas, y logró que una de ellas, llamada Bucky, le diera información sobre Kuzco. *¡Chirpiti-chip!* ¡Bucky había visto a la llama que hablaba! Entonces comenzó una salvaje persecución por la selva, que terminó en el palacio, donde Kuzco y Pacha estaban buscando en el laboratorio secreto de Yzma la pócima que convertiría a Kuzco de nuevo en humano. ¿Dónde podía estar?

Las locuras del Emperador

"¿Buscan esto?", preguntó una voz siniestra. Era Yzma, que tenía justo el frasco que necesitaban.

El no muy inteligente Kronk se encontró en medio de una turbulenta batalla por el frasco, y no sabía si ayudar a Yzma o al Emperador. Pero el bien ganó al final, y los frascos, incluyendo el que necesitaban, cayeron en las manos de Kuzco y Pacha... o al menos eso parecía.

¡De repente, Yzma se abalanzó y les arrebató el frasco, dejándolos con botellas de pócimas que parecían ser inútiles! En la lucha, los frascos que quedaron convirtieron a Kuzco en tortuga, luego en pájaro y en ballena. Y una de las pócimas convirtió a Yzma en un gatito gris. Justo cuando el Emperador descubría el último frasco en una cornisa, vio que Pacha colgaba inseguro de otra cornisa.

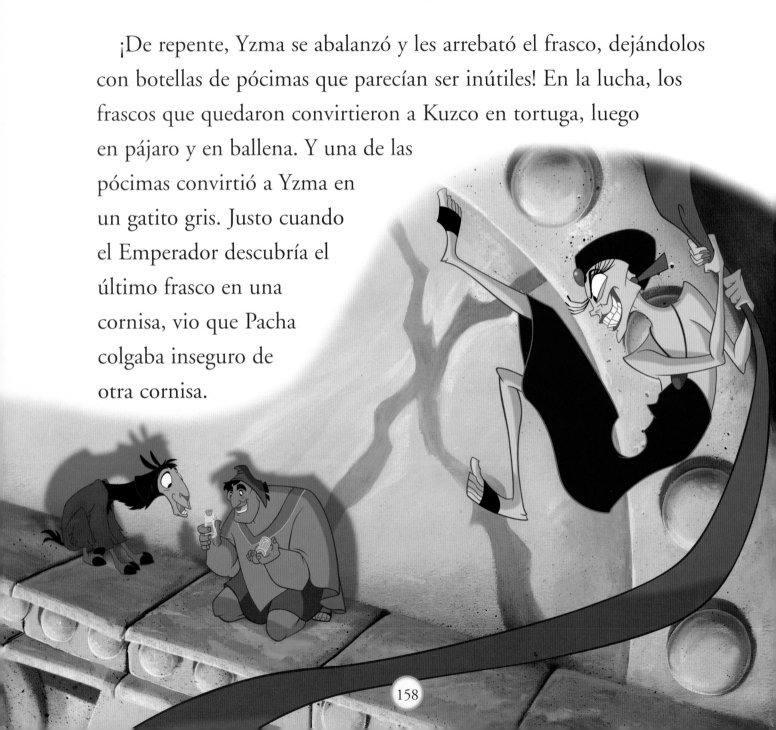

Las locuras del Emperador

Obligado a escoger entre ayudar a su nuevo amigo o rescatar
la pócima, el Emperador escogió ayudar a Pacha. Y con la ayuda
de Kronk, el amable campesino fue rescatado y el Emperador
se volvió a convertir en humano... ¡y en uno mucho mejor!

Todos vivieron felices para siempre, y la nueva casa de verano de
Kuzco fue construida en lo alto de una colina junto a la de Pacha.

¡Así, el Emperador aprendió que un
mundo perfecto empieza
teniendo amigos!

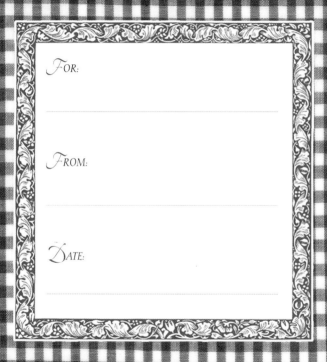

FOR:

FROM:

DATE:

Text Copyright 1999

The Brownlow Corporation
6309 Airport Freeway
Fort Worth, Texas 76117

ISBN:1-57051-4070
Printed in China

For
My Secret
Pal

Brownlow

Little Treasures
Miniature Books

❋ ❋ ❋

Dear Daughter
Dear Teacher
For My Secret Pal
Friends • Grandmother
Grandmothers Are for Loving
Happiness Is Homemade
Mom, I Love You
My Sister, My Friend
Quiet Moments of
Inspiration
Seasons of Friendship
Sisters • Tea Time Friends
They Call It Golf

*Those who bring sunshine
to the lives of others
cannot keep it from themselves.*

<small>JAMES M. BARRIE</small>

*I thank my God every time
I remember you.*

<small>PHILIPPIANS 1.3</small>

There is no better looking-glass
than an old friend.

Friends are God's life preservers.

Choose your friend with care,
that you may have choice friends.

*Look around today and share
a cheerful, friendly smile; show the world
you truly care, then go the second mile.*

WILLIAM A. WARD

*Have a heart that never hardens,
and a temper that never tires, and
a touch that never hurts.*

CHARLES DICKENS

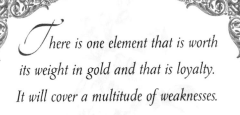

*There is one element that is worth
its weight in gold and that is loyalty.
It will cover a multitude of weaknesses.*

PHILIP ARMOUR

*To be trusted is a greater compliment
than to be loved.*

J. MACDONALD

There are good ships, and there are bad ships, but the best ships are friendships.

Tact is the ability to describe others as they see themselves.

ABRAHAM LINCOLN

There's a special kind of freedom friends enjoy. Freedom to share innermost thoughts, to ask a favor, to show their true feelings. The freedom simply to be themselves.

A friend loves at all times.

PROVERBS 17:17

The Miracle of Friendship

Is there any miracle on earth to compare with that of discovering a new friend, or having a friend, or having that friend discover you? So much is at stake, but I will gladly risk everything to give a promising relationship a chance.

ALEX NOBLE

It is one of the most beautiful compensations of this life that no man can sincerely try to help another without helping himself.

RALPH W. EMERSON

Therefore, encourage one another and build each other up, just as in fact you are already doing.

1 THESSALONIANS 5:11

*W*hen you are laboring for others
let it be with the same zeal as if it were for yourself.

CHINESE PROVERB

❧———————❧

*I*t needs more skill, than I can tell,
to play the second fiddle well.

ANONYMOUS

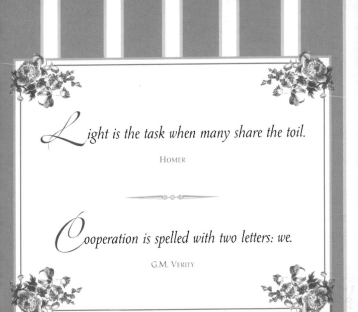

*L*ight is the task when many share the toil.

HOMER

———❦———

*C*ooperation is spelled with two letters: we.

G.M. VERITY

*The best way to keep your friends
is not to give them away.*

❋ ❋ ❋

*My best friend is the one
who brings out the best in me.*

HENRY FORD

God's in His Heaven

Once in an age, God sends to some
of us a friend who loves in us...
not the person that we are,
but the angel we may be.

HARRIET BEECHER STOWE

Make a rule, and pray to god to help you keep it, never, if possible, to lie down at night without being able to say: "I have made one human being a little wiser, or a little happier, or at least a little better this day."

CHARLES KINGSLEY

Serve one another in love.

GALATIANS 5:13

✳ ✳ ✳

*If the world is cold, make it
your business to build fires.*

HORACE TRAUBEL

✳ ✳ ✳

*Cooperation will solve
many problems.*

God does not comfort us to make us comfortable, but to make us comforters.

J. H. JOWETT

✖ ✖ ✖

*A*ccept one another, then, just as Christ accepted you, in order to bring praise to God.

ROMANS 15:7

Enthusiasm is the key not only to the achievement of great things but to the accomplishment of anything that is worthwhile.

SAMUEL GOLDWYN

Be kind and compassionate to one another, forgiving each other, just as in Christ God forgave you.

EPHESIANS 4:32

Too many people are ready to carry the stool when the piano needs to be moved.

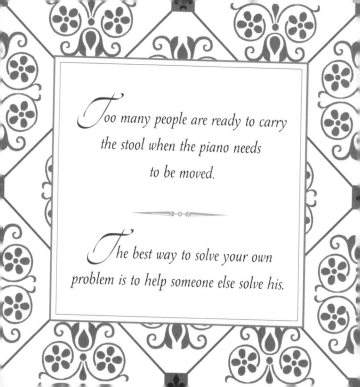

The best way to solve your own problem is to help someone else solve his.

Prayer is the contemplation of the facts of life from the highest point of view.

RALPH WALDO EMERSON

A word fitly spoken is like apples of gold.

PEOVERBS 25:11

It's No Wonder

If radio's slim fingers can pluck a melody

from the night and toss it over a continent

or sea; if the petalled white notes of a violin

are blown across a mountain or city's din; if

songs like crimson roses are culled from the

thin blue air; why should mortals wonder

that God hears and answers prayer?

ETHEL ROMIG FULLER

I have found the greatest power in the
world is the power of prayer.

CECIL B. DEMILLE

—◄◆►—

*B*efore we can pray, "Thy Kingdom
come," we must be willing to pray,
"My kingdom go."

ALAN REDPATH

*A*ll of you clothe yourselves
with humility toward one another.

1 PETER 5:5

*N*o one can whistle a symphony.
It takes an orchestra to play it.

*L*et's remember that it takes both the white and the black keys of the piano to play "The Star-Spangled Banner."

Each one should use whatever gift he has received to serve others, faithfully administering God's grace in its various forms.

1 PETER 4:10

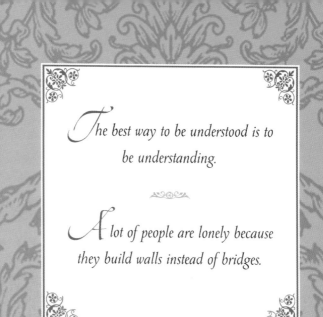

The best way to be understood is to be understanding.

A lot of people are lonely because they build walls instead of bridges.

How rare and wonderful is that
flash of a moment when we realize
we have discovered a friend.

WILLIAM ROTSLER

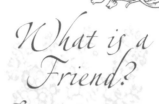

What is a Friend?

A friend is a push when you've
stopped, a word when you're lonely,
a guide when you're searching,
a smile when you're sad,
a song when you're glad.

It is not how much we have,

but how much we enjoy,

that makes happiness.

CHARLES SPURGEON

It is when we forget ourselves that

we do things that will be remembered.

ANONYMOUS

A cheerful look brings joy to the heart.

PROVERBS 15:30

❈ ❈ ❈

L et every bird sing its own note.

❈ ❈ ❈

K eep your face to the sunshine and
you cannot see the shadow.

HELEN KELLER

$\mathcal{L}$ ittle acts of kindness which
we render to each other in everyday life,
are like flowers by the wayside to the
traveler: they serve to gladden the heart
and relieve the tandem of life's journey.

EUNICE BATHRICK

✳ ✳ ✳

*W*e fall down by ourselves,
but it takes a friendly hand to lift us up.

❧❧❧

*A*nyone with a heart full of friendship
has a hard time finding enemies.

❧❧❧

*I*t is only with gratitude that life become rich.

DEITRICH BONHOEFFER

*N*ever does the human soul appear

so strong and noble as when it

forgoes revenge and dares to forgive

an injury.

E.H. CHAPIN

To have a friend is to have one of the sweetest gifts that life can bring: to be a friend is to have a solemn and tender education of soul from day day.

CHINESE PROVERB

*S*tore up for yourselves treasures in heaven, where moss and rust do not destroy, and where thieves do not break in and steal. For where your treasure is, there your heart will be also.

MATHEW 6:20-21

Those who wish to transform the world
must be able to transform themselves.

KONRAD HEIDEN

It's not a successful climb unless
you enjoy the journey.

DAN BENSON

A kind deed is never lost, although
you may not see its results.